非常開心《貓咪也瘋狂（全彩特別篇）》在台灣出版了，
希望大家都能繼續樂在其中！

烏鴉

*降落！

嘎～
嘎～

*揮舞翅膀

烏鴉

烏鴉小跳步

*跳！跳！跳！

嘎～
嘎～

*衝！

*振翅高飛

*撲！

嘎～～！

*跳！跳！跳！

x

3

*沙沙！

*嗖！（躲）

*盯！

*揮舞翅膀

*咚咚咚咚！

鳴喵～！

＊撲！

＊咻──！

……

1

儘管小看了烏鴉，麥可還是健在。

THE END

跳舞吧！麥可

哇啊！
好厲害！

到處都是
豪宅耶～

好厲害！
根本就是
豪宅大道嘛！

住這附近的
很多都是
董事長等級
或是明星。

那裏有一棟普～
通的房子！

真的，是普～
通房子！

豪宅大道裡的普～
通房子！

咦……

啊！

還真是抱歉！

真是的！

周圍只不過突然變成豪宅大道，我可是在這裡住了十年以上！

不過房貸還沒繳清啦！

珠美！

嘿！珠美！

是你啊，

很吵耶！

這是什麼口氣！

妳以前明明是個可愛的小娃娃！

誰知道那種事啦！

我問妳，麥可去哪裡了？

在那邊睡覺啊！

喂！麥可，你怎麼每天只會睡覺！

以前不是還會追追蒼蠅、追追蟬，甚至還會跳個舞來逗大家開心嗎？

麥可換算成人類的年齡已經超過七十歲了，得要體恤老人家啊！

別勉強牠了，幹嘛呀……

*嘎啦

呵啊……

但波波還真好，就算上了年紀皺紋也不明顯。

媽媽妳也沒有皺紋啊！

哈……

啊！

麥可起床了！

麥可！拜託你了！

像以前那樣跳舞給我看！

再跳一次放克舞給我們看看！

*砰咚……

卡……

振作起來，
麥可
～！

不要死
～！

都是爸爸不好，
你不該勉強
麥可～！

雖然麥可只是被毛球堵住了喉嚨，但總算是保住一命。

THE END

草原小喵屋

演出
查爾斯（麥可
‧喵頓）

蘿拉
（拉）

凱羅琳
（波波）

奧萊森
（大助）

阿爾曼
佐（迷
你可）

奧萊森夫人
（喵吉拉・
凱薩琳）

牠們在傍晚過後就會聚集在草原上的小喵屋。

然後什麼也沒做。

＊開！

給你們飼料可以了吧！

我知道了啦！

牠們吃過飼料後就會很快離開。

好歹說句謝謝！

THE END

不要勉強

我們還真是上了年紀呢！

珠美的年華也逐漸消逝……

真是的……

年紀一把了還在那邊跳舞。

嗯～

咳！

咳！

沒錯，以後你就別勉強自己了，多活一天是一天。

剩下的就交給年輕人了，我們應該只要安穩的待著就好了……

這就是時光流逝啊……

接下來換我提問。

江戶門一臉認真的樣子。

對面那家的門前，

……

請問江戶門到底是坐著？還是站著呢？

……

這……站著……

那我們一起去看看吧！

23

……

太可惜了，牠是坐著。

……

*跳跳

ピョン ピョン

*跳跳跳跳

ピョン ピョン ピョン

……

*出掌！

ガシッ

*撲抓！

バリッ

*跳！

ピョン

一把年紀了！別管那隻蟲了啦！

*噠噠噠！

ダダダッ

……

……

*揮舞翅膀在飛～

*飛～飛……

*殺!!

嗚～～！

*啊姆！

啊姆！

*撲抓！

嗚喵！

……

呃……不要擺出那麼可怕的表情……妳都一把年紀了。

……

……

這樣？

咦……

波波，妳眼睛閉起來一下。

現在換你把眼睛閉起來吧！

謝謝，

*舔舔舔

……

……

這樣嗎？

*咬住！！

啊～！

喵的妳幹嘛！

*大口！

嗚嘎！

THE END

貓（麥可）即現金

過來這裡！

哈囉哈囉！

嘖嘖嘖嘖

嘖嘖嘖

有什麼關係嘛，我又不是奇怪的人。

……

哼！小氣鬼！

真是的，就是因為這樣人家才會說流浪貓不OK啦！

咦……

一下下就好，讓我摸摸！

不管我長得多醜，我很喜歡貓啊！

拜託你！

＊快速逃離！

＊追逐奔跑

*繼續奔跑

*往前追趕

拜託拜託!

咦……

我老家養的貓
可是開心到翻肚
呢!

可惡的傢伙,

這隻……這個
樣子就算硬來
也要摸到牠!

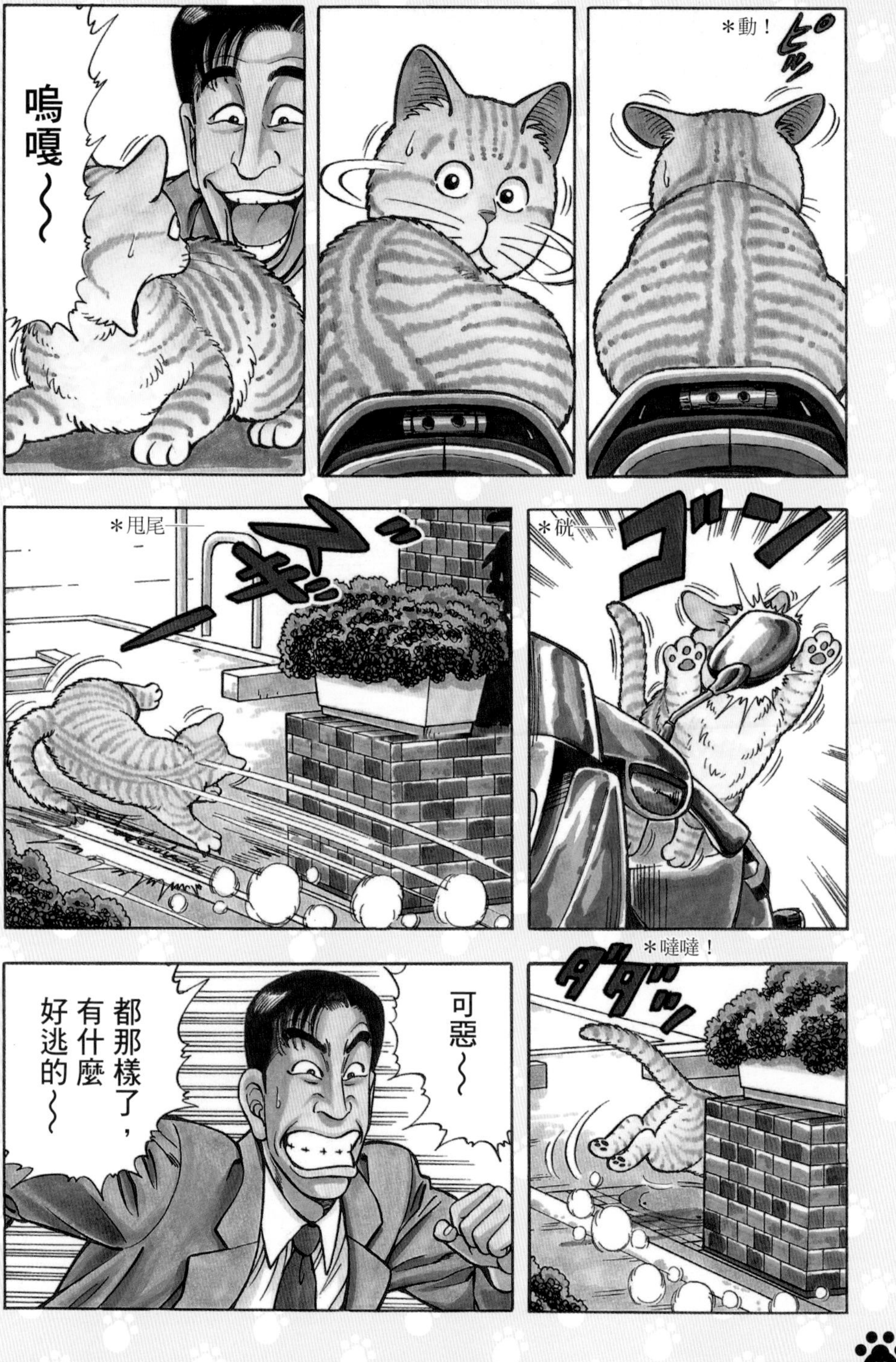
*動！
嗚嘎～～
*甩尾——
*硄——
*噠噠！
可惡～～
都那樣了，有什麼好逃的～～

*四處散逃！

*叮鈴叮鈴叮鈴叮鈴

*叮鈴叮鈴叮鈴叮鈴

*叮鈴叮鈴叮鈴

咦……

*提！

バッ *拿下！

*甩！

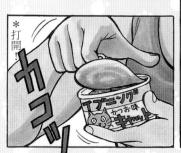

*打開！

*看一眼！

嗚嗚喵，

嚼嚼，

嗚嗚喵。

⋯⋯⋯

這可不是免費的哷！

※戴上！

不是免費的嗎？

不……

……

※咻──

愛乾淨

為五郎，謝謝你送我回來，今天很開心。

小止，不用謝～小事一樁。

都來到這裡了，要不要上來喝杯茶？

嗯……好啊，哪就打擾了。

抱歉啊，家裡很亂，我馬上去準備茶水。

沒事，不用介意。

……

咦……

對呀，牠叫麥可。

小止妳有養貓啊？

原來你叫麥可啊，你好我是為五郎。

*摸摸

ナデ
ナデ

……

*舔舔

プロン
プロン

為五郎你喜歡貓嗎？

當然啊！

牠們圓圓的手很可愛呢！

*戳

チョン

*舔舔

プロプロン

‥‥‥

哈哈哈哈哈，原來，你很愛乾淨嗎？

*摸摸

メデメデ

麥可牠啊，很愛乾淨唷！

只要稍微弄髒了就會馬上舔到變乾淨。

*舔舔舔

……

ペロン
ペロン
ペロン

……

*伸長！

グワッ

*不斷摸摸

你這傢伙還真是沒禮貌，

是想說我很髒嗎！

ナデ
ナデ
ナデ
ナデ

嗚嘎～

麥可呢，是非常愛乾淨的。

沒……沒什麼……

怎麼了嗎？

如果是漫畫家K

*啊～！

所以表情就變得和正在畫的角色一樣了。

他太過熱衷於工作，

漫畫家K——

What's Michael?

*貓拳！

……

啊啊！

好痛啊啊
啊啊啊啊！

＊咬咬咬！

ボン

＊踢

＊擋！

シュタッ

＊跳上！

ポイッ

＊噗咚！

漫畫家K就是因為這樣工作遲交。

*跳!

*抓住!

ガシッ

THE END

48

走失貓咪！

!? 咦……

怎……怎麼有這麼可愛的貓！

那個表情、那個臉頰肉、那種莊重感，就是我這麼多年來最理想的貓咪樣子了，竟然就在家的附近……

＊拿！

……嘖嘖嘖

來來，

好吃的鮪魚罐頭唷！

沒關係，

那我放在這裡唷！

想吃的時候再吃。

*放！

*跳下

……

聞聞。

只要三天，我就讓妳成為我的貓。

呵！呵！呵！

嚼嚼。

舔舔，

過幾天之後

*咚咚咚

瑪格麗特，瑪格麗特。

嗚喵

*大口吞嚥

今天是真的鮪魚唷！

大口吃吧！

*嗒嗒嗒嗒！

趁現在

！

呼喵！

*抓住！

*左顧右盼

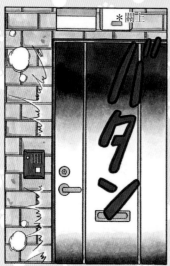

*關上

*嗒嗒嗒！

*開！

喘！喘！

喘！喘！喘！

來，
瑪格麗特，
今天開始
這裡就是
妳家，

我已經幫妳
準備好廁所和
貓抓板了。

聞聞。

マーガレットちゃん

不管發生什麼
我都不會丟下
妳的。

*抓住！

我馬上就回來
囉，乖乖在家，
瑪格麗特。

我出去買個
東西好了。

接下來
……

咦……

*開!

嗚嗚……

凱薩琳沒有回家！

其實……是這樣的……

怎……發生什麼事了？隔壁的朝丘山小姐。

啊……隔壁的澤口小姐。

凱……

凱薩琳……？

就是這隻貓！

我現在要去那邊貼這張傳單。

尋貓啟事

名字　凱薩琳
種類　喵吉拉
專長　超級可愛
偶爾會咬人，偶爾會奔跑。
找到的人我將送他朝丘山
雪路子的簽名板。
連絡電話　045

啊～要是牠被車撞了，或是被誰帶走了，我該怎麼辦～！

.....

剛……剛剛！是不是有貓叫聲!?

啊……

嗚喵。

THE END

午後的相遇

咦……

喵
—

………

喵
—

……

嗚喵。

*跳！

喵。

喵

咦……

*舔舔

……

咦……

喵。

嗚喵—

喵喔喔喔
喔喔喔
喔！

＊瞪！

＊嘩嘩嘩

喵

喵

……

嗯
……

喵
——

*咬咬

*咬咬

＊跳下！

喵——

……

喵——

THE END

What's
Michael?

這時的麥可⋯⋯

完全不被烏鴉當一回事。

*嘎——嘎——

*偷偷地~

*瞄~

*舔......

*跳！

*噠噠噠噠

*嘎——嘎——

*跳！

*看！

*窸窣 窸窣

啊！

*跌進！

原來是你！
就是你來亂
翻垃圾的！

*趕緊逃跑

走失貓咪Ⅱ

尋貓啟事

名字 凱薩琳
種類 喵吉拉
專長 超級可愛
　　偶爾會咬人，偶爾會
　　奔跑。
連絡電話 098-XXX-XXXX

尋貓啟事

キョロ
キョロ……

＊左顧右盼……

……：

＊撕掉！

ベリッ

＊撕！撕！撕！

ベリッ

ベリッ

ベリッ

*關上

*悄悄～
そお～

在家乖不乖啊？

我馬上去弄飯給妳吃！

我回來了，瑪格麗特。

*咚咚咚

嗚喵～

啊！

*叮〜咚〜

*關上

*推！

請稍等一下……

我是隔壁的朝丘山。

請問哪位？

誰……

*咚咚咚

抱歉，我的腳步聲很大，以後會注意的。

啊……

剛剛……是不是有貓咪的腳步聲？

＊關上

這樣……

啊

我還是找不到我們家的凱薩琳。

嘿……

嘿……

這樣不行喔！貓咪走路要更安靜一點才是。

＊戳戳

呼～

嘿啾！

*叮〜咚〜〜

剛剛……
是不是有貓
在打噴嚏？

啊……
沒有……
剛剛是我
啦！

我的花粉症
還沒好……

哈〜啾，
哈〜啾！

呼〜

*關門

真煩人，

看樣子
朝丘山小姐
是認定我
為犯人了，

既然
這樣……

對了！

……

*咚咚咚

來，瑪格麗特，

吃飯囉～

*舔一口

……

啊～
安靜～
！

喵嚕～

喵嚕～

喵嚕～

不要抱怨啦！

從今天開始減肥，要變得像換了另一隻貓那樣！

喵嚕～

＊叮～咚～

剛剛是不是凱薩琳在叫？

啊……
不……
……沒有啊

一定是那邊那隻貓在發情啦！

＊摸摸……

咦……

妳是我的瑪格麗特。

不管發生什麼事我都不會放手的，

翻……翻開脖子肉後，居然有項圈……

＊摸摸……

＊叮鈴

＊叮鈴……

＊叮咚～

剛剛，是不是凱薩琳的鈴鐺發出聲音？

不……是我把鈴鐺繫在腰上啦！

該停止偷別人的貓了！

＊叮鈴叮鈴叮鈴叮鈴

THE END

麥可vs.燕子

＊擦擦擦
ゴシゴシゴシ

呵呵,
呵～

這個男人買了新車。

好!擦到亮晶晶了。

車子不是拿來坐的,是拿來擦的,呵呵呵!

咦……

＊開!
ギッ

啊啊！

咦……

真是討厭～

才剛剛擦好的耶！

※擦擦

滾開～

不准坐在車上

※嘩嘩嘩！

這時，男子還沒有注意到。

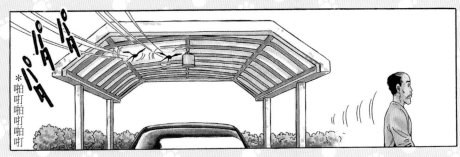

*啪呀啪呀啪呀

燕子夫妻
正在車庫的
天花板建築愛巢
……

*咻！咻！

*啪！噸！

……

沒問題
嗎？

不過，
那隻奇怪的
貓一直看著
我們。

老公，
你找到了個
好地方呢！

對呀，
在這裡不會有
風雨，也不用擔心
外敵。

81

*咻——

*跑跑跑跑跑

我來看看是不是隻難搞的貓。

小心喔！

*咻

*跳！

*咻咻咻

*左揮右抓

飛燕還巢

*旋轉！

*咚啪——

那我們就趕緊去搬土做巢吧！

好的！

應該沒事啦，牠跟不上我們的行動。

※忙碌努力的樣子

不過老公，奇怪的貓又多了一隻……

好～剩下一點就完成了。

終於到了下蛋的時候。

別管牠們，繼續做巢。

ヒューン

*咻—

ドドドド

※跑跑跑跑

*咚蹦——

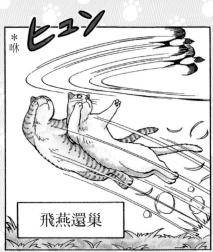

*咻

飛燕還巢

*開！

咦……

渾蛋～！

下去～！

＊跑跑跑

咦⋯⋯

＊嗶！嗶！嗶嗶！

啊啊～可惡的傢伙～

＊嗶！嗶嗶！嗶！

有⋯⋯

燕子！

*咻！咻！咻！

*屁屁大軍……

*啪！啪！啪！嗡

但是燕子夫妻說：「以後每年都來這裡吧！」

牠們遠道而來飛了2千公里啊！

忍耐到牠們離巢啦～

THE END

合作？

天才動物攝影家
岩合光明

……

咦……

*喀擦!（測光）

*喀啦（轉動）

*嗖!（拿出）

・・・・・・

・・・・・・

好，
要拍
囉!

*看

・・・・・・

*喀擦!

能給我個眼神嗎？

啊……等一下。

カシャッ

※咔擦！

……

好！接下來從那裏探出頭來。

……

＊看！

＊喀擦！

那麼接下來往盆栽的地方移動。

再來伸個懶腰。

喔！不錯！

喔！喔！

＊喀擦！

＊用力

＊喀擦！

能把手放在花盆上然後往天空看嗎？

カシャッ

＊喀擦！

很棒呢！
能把頭歪一邊嗎？

カシャッ

＊喀擦！

喔！很好！

接著躺下來看看。

好，要繼續囉！

從那裏回頭看。

＊喀擦喀擦

キャッキャッ

很好，很好。

好，接下來要換底片了，稍微休息一下。

カチッ

＊喀喳！

＊喇

シュ

ペペペロロロ

＊舔舔舔

準備〜
開始！

＊喀擦！

＊喀擦！

＊喀擦！

＊喀擦！

好，完成了～

＊喀擦！

辛苦了～

THE END

迷路

真危險啊，那隻貓……

……哎呀……

*抱！

*嘿咻

不知道你是誰家的貓，但要小心喔！車子來了會被壓扁的。

*喵

練習暫〜停！

把那隻貓趕開。

*咻咻

……

可以讓我和你一起坐嗎？

嘿咻

……

現在像這樣可以看上好幾小時也不會膩。

年輕的時候我可不曾有過天空真漂亮的念頭……

真漂亮的天空啊……

啊啊……

這樣啊……

嗚喵。

你幾歲了啊？

咦……

哎呀～還是48年（1973年）呢

現在是昭和42年（1967年）所以……

呃～

我今年呢……

妳是良子吧！

怎麼會在這裡呢？

啊……？

良子！

我並不是良子……

說這什麼話！妳忘記自己的爸爸了嗎？

就說不是了～

喂，良子！

真是的……

怎麼變得這麼不懂禮貌……

哎呀……

差不多該回家了……

咦……

還是你是流浪貓？

你不用回家嗎？

……

你好……

喂～

打個電話看看吧……

你的項圈上好像寫著電話號碼……

*噠噠噠！

*噠噠噠噠！

麥……

麥可！

麥可！
你去哪裡了？
居然三天了
還不回家！

你知道
我多急著
找你嗎？

還好
你還活著～

果然是
走失的
貓咪嗎？

真的
很謝謝你，

原來
是這樣啊，
哈哈哈哈哈。

麥可
牠年紀大了，
最近常會在
路上迷路。

嘿！
麥可，

不可以
讓家人
擔心啦！

＊嚓嚓嚓嚓！

爺～爺！

果然是爺爺！

爺～爺！

咦……

咦……

妳是誰啊？

你去哪裡了？居然三天了都沒回家！

大家都不敢闔眼一直在找你耶！

我是良子啊！

連自己的女兒都忘了嗎！

真的非常抱歉，

我們家爺爺會在路上迷路……

這……這樣啊……

總之大家都沒事，太好了、太好了。

THE END

新聞主播麥可

晚安，你好

這裡是超級日報。

長期的經濟衰退和政府不信任，

今後還能期待日本的成長嗎？請教政治經濟學者今林教授。

大家好。

……我必須說，現在的法案

完全不是根本的解決之策。

首先，針對今天政府推出的景氣對策法案，您有什麼想法？

說到底，景氣低迷的主因，

泡沫經濟崩壞後造成資產價格下跌，

國債赤字形成抵抗勢力。

美國經濟的股價下跌造成日圓升值，

換句話說，

這根本無法成為治本之道囉！

那……那隻貓是怎樣！

啊啊～

隔壁攝影棚正在錄寵物綜藝節目《貓咪喵喵喵》……

全球化。

道德危險的

也就是政治系統，

沒有錯，

來來來！過來這裡！

嘖嘖嘖嘖！

好好的！

好……

這可是社會類的報導節目！

喂！快把那隻貓趕走！

那麼這個問題，就不能繼續擱置下去……

來清償30兆日圓。

是拿40兆日圓

也就是說，

105

那是當然的，債務過剩的問題在於，

公共事業由黨派議員，

進行郵政民營化的醫療保健。

也就是，什麼東西呢？

生命線的保障……

眾議院的參議員是，

說的簡單一點，

關於消失的十年這段股票市場的動態，

我們可以用這面立牌來解說嗎？

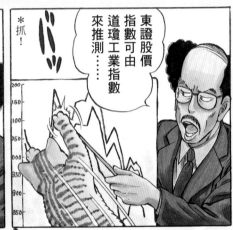

安隆的世界通訊可以看那斯達克。

*抓！抓！

東證股價指數可由道瓊工業指數來推測……

*抓！

那麼最後，請做個總結。

*瘋狂亂抓

就是這樣。

值得擔心。

日本的將來，

再這樣下去，

接下來將換個完全不一樣的開朗話題。

小貓咪，抱歉喔～

是來自沖繩的秋祭慶典話題。

咦……

那麼，請看來自沖繩的報導！

……啊

這隻臭貓！

你在做什麼！

*揍！

………

那麼，來自沖繩……

咳咳。

如果是不良少年K

極惡不良少年集團——
本牧天使，

他們今天又在一丁目的廣場集會。

如果是我，就把那種傢伙做成肉球吃了。

哼……

然後那傢伙就哭著跟我道歉了～

啊哈哈哈！
啊～

完全看不出來只有17歲。

不愧是不良少年K，

喔喔～

……

咦……

咦……

然後啊
～

就被塞
進警車
了
～

……

然後啊

我去尿個尿。

嗯。

＊跑！

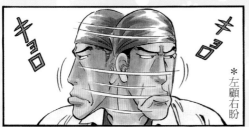

＊左顧右盼

＊摸摸

＊摸摸戳戳

＊噠！

ナメデデ コチョ コチョ

呼嚕呼嚕…

因為被警察拍了照片，還擺了勝利手勢～

然後

啊～

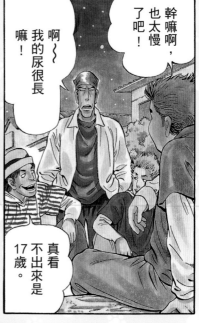

幹嘛啊，也太慢了吧！

啊～我的尿很長嘛！

真看不出來是17歲。

咦……

……

114

哎呀
糟糕！

我忘記
打電話給
由香里了，

失陪
一下。

幹嘛啊！
由香里是
誰？

*跑！

*揉捏揉捏揉捏

コチョ
コチョ
コチョ
コチョコチョ

呼嚕呼嚕……

來……

不准
跟來！

咦……

*噠！

ダッ

*磨蹭……

嗚喵。

然後
啊～

啊哈哈
哈哈哈
！

幹嘛啊，
很慢耶！

夕勢、
夕勢，
夕勢，

她一直
鬧脾氣說
最近都沒見面。

咦……

………

我口渴了，
去買瓶果汁。

＊快速！

幹嘛啊？
這裡不是
有啤酒嗎？

＊嚓嚓嚓！

*打開！
*パコリ

*嗖！（拿出）
*サッ

*噠噠噠
*ダダダ

*嚼嚼
*跑！

*轟轟轟
*バカカカカ

走！

那我們再去騎一圈吧！

好～

啊～歹勢、歹勢。

什麼嘛！居然只買自己的。

THE END

流浪貓麥可

一級建築師
八木昭，
他在周末前
必須交出三張圖。

……呼
……
看來在
周末前
是不能睡了

＊砰砰
コン
コン

咦……

請進。

社長……

※開！

鶴田及菅原助手，怎麼了？

是……是因為……

咦……

這個……

這隻貓怎麼了？

還是隻小貓嘛！

牠在外面停車場的鐵板下叫著。

那妳們為什麼要撿牠？

我家也不行，我老婆和小孩都對貓過敏。

妳要養的嗎？

不是，我住的公寓禁止養寵物！

我也有很多事要忙……

接下來的工作就下周見囉！

啊……我們差不多該下班了，都五點了。

那該怎麼辦才好！

你是要我們把牠丟了嗎？

好過分！

居……居然說我好過分……

妳……

妳說什麼～

社長，我會盡力找到能養牠的人，

在那之前，可以幫我看著牠嗎？

我很忙的！

妳們自己撿的就自己帶回去！

我也很忙啊～

那就拜託你囉！名字我們已經先叫牠麥可了。

……

喂！

*關門

ゲタン

*沙沙沙沙！

*沙沙沙！

呼嘎～！

喂……給我等等！

*沙沙沙沙！

ザザザザッ

總之就先待在這裡！

我現在去買飼料給你。

呼嘎什麼啊～你這傢伙！

真是不可愛的貓！

喵～！

*抓住！

グイッ

回來了。

*開！

ガチャ

真是的，在這個忙到靠北的時候。

為什麼我這個社長還得要照顧貓咪啊！

*噠噠噠

ダダダ

123

咦……

跑……跑到哪裡去了？

麥可！

麥可！

咦……

*吵吵……

ガサ……

……

*啪喊！抓！

*啪喊！（出掌）

*撥撥撥……

*沙沙沙……

*看！

*快速！

啊～糟糕，
已經這個時間
了嗎！

至少
得在今天
完成
這張圖……

聽好了！
這裡是
廁所，

然後
這裡擺的是水
和飼料。

想吃的話
就來吃！

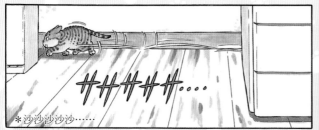

咦……

在吃了……

……哼

*撥撥

去上廁所了……

來，麥可！

過來這裡！我來陪你玩。

*甩來甩去

哼……在玩呢，稍微放鬆一點了嗎……

＊沙沙沙沙……

咦……

真是個不可愛的傢伙，隨便你啦！

工作、工作！

＊快速！

ザッ

＊搖搖晃晃

コックリ…

＊軟軟～的

トロ～～ン

……

コックリ…

コックリ…

＊晃晃……

＊搖搖……

就待在這裡吧！

反正你也累了！

呼喵～！

＊撓撓

コチョ
コチョ

我不會吃了你啦！

放心吧！

129

過了２天後──

＊喀拉

＊嘟嚕嚕嚕

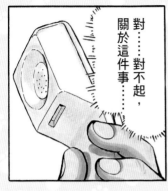

鶴田！都是妳把貓塞給別人！

托妳的福，我都無法工作了。

對……對不起，關於這件事……

我找到了個想養貓的朋友，現在就去帶走。

什……

……什麼

這、這這樣啊，真是太好了，那妳馬上過來帶喔！牠妨礙我工作了。

ガチャン *掛掉

……

……

……

八木　設計事務所

嗯。

那我先走了。

我這就把麥可帶走。

真抱歉給您添麻煩了，

真是的！真給我找麻煩！

＊關門……

＊咿……

……

……

＊接下來……

＊坐下……

要過得
幸福喔
⋯⋯

⋯⋯
麥可

烏鴉報恩?!

咦……

牠……又是

哼。

還是別理牠好了……

＊啪搭啪搭啪搭

＊啪！

咦……

＊噠噠

＊啪搭啪搭啪搭

＊丢！

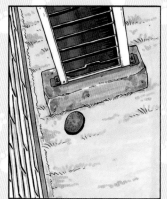

……

*嗅嗅

クンクン

可樂餅

啊……

*降落！

スタン

那傢伙……
平常總是
帶可樂餅給我
當作遊戲後的
禮物，

好像
也不是個那麼
惡劣的傢伙……

但是還真困擾，我又不喜歡吃可樂餅。

*走！

但反正都收到了，拿去給主人好了。

應該不是從哪裡偷拿回家的吧？

怎麼會有那個可樂餅？

……哎呀

那我就收下囉！謝謝你，麥可。

這樣的話就好，

一定是想謝謝妳平常的照顧啦！心懷感謝地收下吧！

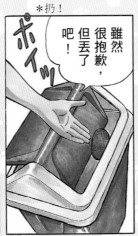

雖然很抱歉，但丟了吧！

*扔！

ポイッ

但是這個可樂餅上都是沙子，不能吃呢！

咦……

*噠噠

タッ

*揮舞翅膀

バサバサ

139

…………

＊啪搭啪搭啪搭

パタパタ

＊丟

ポイ

但是肥皂又不能吃……

這次是肥皂啊……

不用這麼客氣啊……

＊

クン

＊丟

ポイ

謝謝你，麥可。

這次是肥皂？

過了一天。

＊啪搭啪搭

＊噠噠噠

咦……

＊噠噠噠

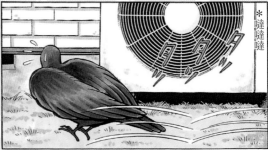

＊噠噠噠

沒……
沒有……

烏鴉本打算
晚點自己要吃的，
只是把
可樂餅和肥皂
藏在這裡。

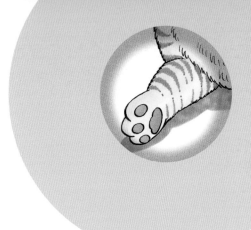

貓咪也瘋狂（全彩特別篇）
What's Michael?　9巻め

作　　　　　者	小林誠
譯　　　　　者	李韻柔
封 面 設 計	許紘維
內 頁 排 版	簡至成
行 銷 企 劃	劉育秀、李蔚萱
行 銷 總 監	駱漢琦
業 務 發 行	邱紹溢
業 務 統 籌	郭其彬
責 任 編 輯	賴靜儀
總 編 輯	李亞南
發 行 人	蘇拾平
出　　　　　版	漫遊者文化事業股份有限公司
地　　　　　址	10544台北市松山區復興北路331號4樓
電　　　　　話	（02）27152022
傳　　　　　真	（02）27152021
讀者服務信箱	service@azothbooks.com
漫 遊 者 臉 書	www.facebook.com/azothbooks.read
漫 遊 者 官 網	www.azothbooks.com
劃 撥 帳 號	50022001
戶　　　　　名	漫遊者文化事業股份有限公司
發　　　　　行	大雁文化事業股份有限公司
地　　　　　址	10544台北市松山區復興北路333號11樓之4
初 版 一 刷	2020年4月
定　　　　　價	台幣310元
I S B N	978-986-489-381-2